현실에 기대어 서면

이규각 시집

캄캄한 밤은 촛불을 흔들어 치솟았다
바람은 철로를 따라 일직선으로 불어 가고
어둠은 불빛을 감싸고 나무 주위를 맴돌았다
그저 겨울비는 발걸음을 무겁게 툭툭친다
가슴은 따스함을 얻기 위해 몸부림치며
땅바닥에 누웠다

롱런

언젠가는 책 한 권쯤은 써야지

인생에 있어서 글을 남기는 것은 분명 자기의 몫이다. 젊어서 노년까지 많은 사색과 독서를 통하여 좋은 글을 남기는 것은 보람이 있는 일이다.

대부분의 사람들은 매순간 느낌을 글로 남기지 않는다. 그러면서 '언젠가는 책 한 권쯤은 써야지'라는 막연한 생각을 한다. 이것은 아쉬움만 남기는 것과 같아서 결국 그 뜻을 이루지 못한다.

그러나 일부의 사람들은 매순간 글을 쓰고 그

것을 퇴고하여 원하는 글을 완성시킨다. 따라서 한 권의 책을 만들기 위해 지속적인 노력은 헛되지 않아 결국 말로만 하는 사람보다 더 빠른 기간내에 글을 남기게 된다. 이러한 사람들은 대부분 자기의 생활도 충실해서 어느새 교양을 가진 사람으로 변신할 뿐만 아니라 사회로부터 인정을 받는 사람이 된다.

　그날그날의 느낌을 글로 남기기 위해서는 독서가 필수적이다.

'시간이 없어서 독서를 못한다' '글을 못 쓴다' 하는 핑계는 누구나 댈 수 있는 게으른 자의 변명에 불과하다. 이처럼 삶의 여정을 글로 쓴다는 것은 쉽고도 어려운 일이다. 따라서 어떻게 쓸지, 어떻게 글을 모을지에 대한 생각을 우선하고 실천하는 것이 무엇보다 중요하다.

　　　　　　　　시집을 내면서
　　　　　　　　　저자

사랑 여행 느낌 **3**

시간 여행

느낌 1

까치내에서

바람이 벌판으로 춤을 추면
천둥오리 기러기 그 철새로
둥지가 되었다

그 둥지 속으로 고요가
내 몸으로 숨쉬어 오면

내 몸은 모래밭이 되고
냇물은 얼음 밑으로 까치내가 된다

조용히 숨쉬는 모래밭이
눈을 뜨면
천둥오리 기러기 얼음 위로 한가롭다

까치내의 겨울이 철새의 모습으로
겨울을 이야기한다

팔당댐 거친 그 물결

거친 물보라가
가슴을 친다

가슴을 치는 그 물결이
자연 속으로 소멸된다

그 소멸되는 자연이
용서의 마음인가

눈앞으로 닥쳐오는
소용돌이가 고동친다

수만 번 계곡과
계곡 사이를 번민했기에

이토록 굉음을 내며
가슴을 벅차게 하는가

석촌 호수

호수에 비추는 흰구름이
백조인 듯 물결을 타면

어린아이 손잡고 걷는 호수가
고향이었으면 좋겠다

추억의 고향으로
숨을 쉬는 듯 여행을 한다

고향을 꿈꾸게 하는 호수가
아름답다

물안개 조용히 둥지를 틀면
흰구름 백조가 꿈을 꾼다

계룡산을 따라

걸어 걸어
산으로 오른다

산을 걸어
어둠이 오면

산을 따라 촛불을 켜고
기도를 한다

맑은 마음
밝은 촛불
어둠이 아름답다

별빛이 꿈속으로 소근거릴 때
꼬박 밤을 지나
상쾌한 아침이 몰려온다

야목에서

수로를 따라 걷노라면 봄이 온다
가슴으로 성큼 다가온다

들판으로 아지랑이 피어 오르면
종달새가 노래한다

엇갈려 걷는 사람이
한 폭의 그림 같다

수로 건너편 길가의 먼지가
풍경이 된다

야목에 가면 바다가 보이는 곳까지
걷고 싶다

천안 화덕에서

파란 하늘 햇살이
논과 밭을 비추고

푸른잎 살랑이는 바람은
나뭇가지 사이로 춤을 춘다

매미 한 마리 노래부르면
냇가의 물소리는
정적 속으로 휘파람새 된다

개구쟁이 뛰노는 마을

정자나무 그늘로
어느 노인인가 오수를 즐길 쯤

젓갈잠자리
살포시 날개를 접으면
고요는 더욱 아름답다

까치봉 비무장 지대

뭉개구름 피어나는
먼 발치
겹겹이 구름이 아름답다

고운 꽃 나리꽃
햇빛에 눈부시다

꿀벌과 새들은
날갯짓하며
고요의 메아리를 깨운다

초원은 고요의 숲이 되고
계곡의 바람 소리 물 소리

분단의 아픔을 잊은 듯
고요하다

봉포에서

흰 모래 위로
흰 나비 죽음과
흰 갈매기 죽음을
파도가 밀어 올린다

기어드는 톡톡이가
흔적을 물거품 속으로
밀어 넣으면

상실된 기억 속의
옛적 이야기

그 영혼의 소리

사그락 사그락
발바닥으로 숨을 쉰다

장흥 조각공원

공원길로
오가는 마음은
아름답다

바람도
생명이 되고
조각도
생명이 된다

바람따라 춤추는
예쁜 고추잠자리
단풍에 잠들고

단풍잎 사이로
연인들의 다정함이
조각처럼 아름답다

을숙도에서

하늘을 보면
철새들이 날아
흰구름
먹구름 만들고

땅을 보면 갈대꽃
넘실넘실 보금자리

그 포근함이
햇살에 아름답다

여유가 숨쉬는 곳

잠시라도
그곳에 머물고 싶다

소양강을 바라보며

산 아래
벗은 발

허리춤 휘감아
굽이치는 물결

두둥실 떠도는 저 구름

소나기 무지개 담아
산을 비추어 가는 강물

여기가
소양강이다

뭉게구름 내 고향

소낙비 지나간 푸른빛 하늘

고추잠자리
하늘을 맴돌고 뜨락을 맴돌고

밭두렁 기웃 기웃
참외 하나 오이 하나

허리춤에 감추고
히히덕 냇가로 달려간다

우리 친구 내 친구
발가벗은 내 친구

물보라 날리며 무지개 날리며
물장구친다

먼 하늘 두둥실 뭉게구름
물 위를 꿈꾸며 흘러간다

별빛이 흐르는 반월저수지에서

밤길을 따라 걸었습니다
아름다운 별빛이 동심으로
돌아왔습니다

누구도 변명하지 않는
옛날 나의 별과 분명 같은 자리에
있을 듯했습니다

어린시절의 들길은 아니지만
그렇게 싱그러워 보였습니다

이슬이 풀잎 위로 총총히 기어오르면
상큼한 아침은 여명을 꿈꿉니다

아침은 그렇게 잠을 깨우려 하는데
걸어 걸어 별빛을 따라갔습니다

아쉬운 밤이지만
친구들의 이야기가 사라질 때까지
가끔은 아침이 오지 않길 소망하며

이름 모를 낚시꾼과
또 다른 사람들이 오는 밤을
꿈꾸어 갑니다

아침이 밝아오지 않는다면
나만의 추억으로
또 다른 날의 밤을 꿈꾸며
별빛으로 남고 싶습니다

당동 그곳이 그립다

그 시절이 바람과 같이 스친다

내가 살았던 곳이

내 아이 자라던 곳이 바람처럼 스친다

어릴 적 내 아이와 함께 꿈꾸던
그곳이 생각난다

언덕길로 오르던 단칸방
그곳이 그립다

식수차를 기다리던
그 시절
그때가 그립다

풀잎이 스치는 공터가 그립다

우리 아이 아장아장 걸었을 때가
그립다

우리 아이 자라는 모습이 아름답다

지치고 힘들 때에도
희망이 숨쉬던 곳
그곳이 그립다

희망이 숨쉬고 있을 때가 아름답다

당동 그곳이 그립다

고향 집

허물어진 집에는
고향이 숨어 살고 있다

그 고향이
아비라 했던가
할미라 했던가

담장 넘어로

나팔꽃
메꽃
망초대

별빛이 반짝이는 밤

달빛 그림자

찢어진 문풍지
바람에 중얼거리면

새벽녘
뜨락으로 맺힌 이슬이
풀잎 위로 구르네

느낌 2

초록빛 바다

파도가 바람을 따라 일렁인다

구름 속 햇살이 얇게 비추면
초록빛 바다가 된다

시원한 바람이 한결
상쾌한 바람으로 모래 위에 잠들면
시간이 멈추어 간다

초록빛 바다
초록빛 바다

구름 사이로 소낙비 무지개 된다

바람이 분다 파도가 일렁인다

밀려오는 흰거품
초록빛 바다가 아름답다

이슬꽃

안개 속에서
피어나는 이슬꽃

초롱 초롱 빛나는
이슬꽃이라네

오색 빛깔 담아
맑게 피어나는 꽃

들판으로
길모퉁이로
피어나는 이슬꽃

아침이 좋아 피어나는 꽃
실바람이 좋아 피어나는 꽃

이슬꽃이라네

할미꽃

뒷동산 할미꽃은
고아도 보인다

할미꽃
토끼풀
까치밥

꽃시계 만들던 시절이
꿈만 같다

할미꽃 무성한 무덤에
바람이 불면

아이야 무덤에 누운
할미꽃을 세워 주렴

연꽃

연꽃 속에서
이야기가 된다

그 말씀이
연꽃에 남아 있어

바람따라 숨쉬는
물결 속 생명이 된다

진리의 언덕에서
오색빛으로 이야기한다

무지개 조용히 잠들어
연꽃 속으로 피어난다

영원한 생명이
자비의 향기가 된다

소나기 안개꽃 되어

소나기 햇살을 지나
담장에
안개꽃으로 피었다

지금도 옛 친구
소나기 벗삼아
살고 있겠지

소나기
내리는 날이면

담장에 핀
안개꽃

친구의 모습인 듯
추억에 잠긴다

무지갯빛 물방울

물방울 속으로
무지개가 잠들면
물방울 그림자가 된다

물방울이 구르고
햇빛이 뒹굴면

깃털을 흔들어
날아오르는 새처럼
하늘로 무지개 꿈을 꾼다

문득 창가로 피어나는
무지개를 본다

꽃잎

꽃잎 하나에
산과 들이 숨을 쉰다

아침 햇살에
영롱한 이슬이 반짝인다

상큼한 바람은
안개 속에서
꽃잎 속으로 잠든다

꽃잎의 추억이
마음의 향기가 된다

겨울 서정

꽃은 씨를 달고
겨울에 잠든다

바람에 몸을 맡기고
잠이 든다

풀은 땅으로 얼음풀이 되어
겨울로 잠든다

추운 그림자와 추운 단풍잎 하나
바람으로 움직일 때

담쟁이 손이 담장에 붙어
손을 말린다

씨를 매달고 시퍼렇게
멍이 든다

가랑잎

바람이
가랑잎을 몰고 온다

계절의 이야기
문턱으로 바스락거리면

바람이
가랑잎을 몰고 간다

그 마지막 남은 가랑잎에
넋을 잃는다

잡초 이야기

뽑고 뽑혀도
흙을 잡아 둑을 지키고

깎고 깎여도
흙을 잡아 들판을 지키니
정겹기 그지없다

바람따라 아름답다
구름따라 아름답다
달님따라 아름답다

어두운 밤을 지난
잡초의 이야기는
대지 위에 싱그럽다

바람 부는 날

바람이 불면
꽃이 된다

바람이 불면
꽃 향기 꿈을 꾼다

그리운 사람에게로
꿈꾸는 나비가 된다

바람이 부는 날에는
꽃잎이 날개가 된다

부처의 미소

천상의
그리움이

부처의
미소로 깨어난다

자비의 눈빛이
미소가 된다

그 미소
번뇌인가
해탈인가

윤회의 미소로다

동자승

아기 스님은
예쁜 가방을 메고
난 바랑을 메고

산사로 가는 꿈은
정겹다

서로의 눈빛 속으로
미소가 가득하다

하이얀 눈길이
발자국마다
산사의 정을 담는다

내 마음의 새

새
나의 새

까만 밤 홀로
나르는 새

별빛만 보고
사랑을 나누는 새

가로수 사이로 흩어지는 새
별빛따라 나르는 새
프리즘 속으로 나르는 새

조금만 움직여도
보이지 않는 새

내 마음의 새

전원 풍경

소나기구름이
몰려온다

들판이랑 논이랑 밭이랑

고랑을 따라 물줄기를 만든다

바람은 소리치고
고요는 사라지고
허수아비 바람에 어지럽다

아주머니 밭을 깔고 앉아
두런거린다

허수아비 바람이 불어도
움직이지 않는다

기억 상실

숨소리를 따라
맥박이 기억을 더듬거린다

철새를 물 위에 올려 놓고
둥지라 생각한다

초침에 숨소리를 전하며
흐느적거린다

하이얀 파도가
시트 위로 거품이 된다

바람에 스쳐
초침이 움직인다

바람이 분다

봄이 오는 길목에서

해빙기의 아침은
햇볕을 품고
긴 여정의 생명체를
포옹한다

골짜기 낙숫물이 풀내음을
피우면

이름 모를 생명체가
모래알 속으로 구른다

겨우내 산속 깊숙히 잠들어 있던
이야기가

소곤소곤
모래알을 굴리기 시작한다

봄날 이야기

냇가의 물은 휘휘 골을 따라
논으로 흐른다

겨우내 외양간 어미 소
콧바람 써레질을 한다

송아지 한바탕 텀벙질에
웃음이 절로 난다

새참을 머리에 인 아낙이
조심스레 논둑을 걷는다

뛰놀던 개구쟁이
정신없이 동네를 휘저을 때
뒷동산의 달님도 친구가 된다

우리 동네

개천으로 피라미 송사리
동그라미를 그린다

논에는 벼가 자라고
논둑에는
잠자리꽃
논두렁콩

논길로 지나가는 아주머니
뒤따라가는 누렁이

풀잎에 앉은 잠자리
바람 타는 두루미

들판으로 소 방울 소리
아저씨의 담배 한 모금이
한가롭다

돌은 생물이다

던지는 돌은
생명이 있다

던지는 사람의 마음속에
살아 있다

때로는
낮은 곳을 향하여
때로는
높은 곳을 향하여

던지면
던지는 곳으로
생명을 얻는다

겨울 동정

겨울은
추운 것이 아니다

가난한 사람들의
살풀이다

겨울은
숱한 갈잎을 흔든다

그렇다

겨울은
온정이 상실된
그런 마음이
만드는 것이다

하이얀 겨울

창가로
겨울이 숨을 쉰다

하이얀 겨울이
눈꽃으로 다가오면

하이얀 빛이
꽃의 마음으로
겨울 이야기를 한다

소곤소곤

체온 속으로 스미는 눈꽃이
눈물이 된다

행복한 이야기

행복하다는 것은
말이 없는
사람이 말을 하는 것이다

서로의 부족함이
서로의 이해로 다가올 때
행복은 시작된다

행복은 만남에서 이루어지는

물빛 영롱한
아침 이슬과 같다

결혼 이야기

오늘 같은 날은
행복하다

사랑하는 사람과
행복을 약속한 날

모두의 얼굴이
기쁨이 된다

남남으로 만나 둘이
하나가 되는 날

사랑은
오늘 같은 날을 기억하여
더욱 아름다워야 한다

사랑을 베풀어
사랑을 쌓아야 한다

갈바람에

가지로 접어드는
가을이 오면

바람에 날리는
한 잎의 흔들림

창 밖의 바람소리
마음을 스치면

떨어지는 한 잎에
넋을 잃는다

설레임의 편지

서툰 솜씨로 설레이는 마음을
전합니다

흉보지 않았으면 합니다

온종일 뒤척이며 쓴 편지입니다

달콤한 이야기는 아니지만
설레임을 전하는 편지입니다

내일 만남의 하루는 짧겠지만

보낼 편지는 긴 시간의
사랑 이야기

잠시라도 멈추면 죽을 것 같은
사랑 이야기입니다

짧은 만남의 여행

나는 기다리고 있었어

그대가 오기만을 기다리며
시선을 고정시켰지

때로는 착각했어
모두가 그대처럼 보였어

떠날 시간은 다가오는데
그대는 오지 않았어

이대로 떠나고 나면
그대에게 쪽지 한 장 남길 수도 없어

그대에게 사랑의 말을 전할 수도
없기에 아쉬움만 더했어

긴 여행의 만남은 아니었지만
내 가슴은 울렁거렸어

한마디 만남의 약속

그저 그렇게 잊을지도 몰라
그저 초조하고 불안했지

훗날 만나게 될까
아니 잊고 있겠지

나는 밤을 숨쉬며
그대 눈빛을
별빛 속에 묻어 버렸어

누가 우노

우노
우노

가야 우노

난
너

가야 우노

올 양
갈 양

우노

바닷가에서

일렁이는 흰 파도

모래 위로
모래 위로
모래성을 쌓으면

작은 둥지 벗삼아
노래하는 소라

그대에게 보냅니다

추억의 시간이 잠들기 전에
파도의 노래를 보냅니다

출렁이는 바다 그 바다

작은 둥지에 누워
갈매기 소식도 전합니다

부르고 싶은 이름 S

따스하게 비추는
별빛 속으로

꽃향기
별향기
조용히 잠자는 님

은하수 포근히 내리는 밤

부르고 싶은 이름 S

잊지 못해

네가 떠날 때 눈물이 났다

파도처럼 밀려오는 슬픔을
가슴에 묻고 절망에 빠졌다

네가 떠난 후

눈앞으로 흐르는
끝없는 내 사랑
얼룩진 내 사랑

지우려 지우려 해도
지우지 못하고

흐르는 눈물로 너를 그린다

잠든 님

별처럼 그리운 님
노래불러 사랑 나누고

그리움에 마음 젖은
보라빛 향기
사랑을 이야기 한다

너무 깊이 잠든
사랑하는 님

깨우지 못하고
발그레한 볼 살며시 스치면

그렇게 아름다운 잠
언제나 스치고 지나가는
실바람

할머니 무릎베개

별빛 속에 잠들어 버린
우리의 이야기가
새록새록 옛이야기 된다

까만 밤
할머니 무릎베개

옛이야기가
초롱초롱 눈빛 속으로 잠든다

문풍지 사이로 흘러 나온
할머니 이야기
하늘 나라 별님이 된다

저 별님 할머니

별님을 보면
할머니 생각이 난다

들꽃보다 순수한 사랑

들꽃보다 순수한 사랑이
숨어 있는 줄 몰랐어요

강 노래
들 노래가 들리는 그곳에서
우리의 만남은 시작되었어요

파릇한 바람이
종달새를 불러왔어요

영원히 아름다운 사랑

들꽃보다 순수한 사랑
살며시 눈을 감고 꿈을 꾸지요

좀 더 가까이

만남이 없는 사랑은
사랑이 아니야

말로만 사랑한다면
언제나 쓸쓸한 느낌이야

만남이 어색하다면
떠나가 버려

가까이 오지 않는다면
이별은 시작된 거야

가까이
좀 더 가까이

주는 사랑

너의 죽음이 무엇이냐

푸른 초원으로 피어나는
꽃이다

너의 죽음이 무엇이냐

푸른 초원을 나르는
새다

너의 죽음이 무엇이냐

푸른 하늘로 피어나는
구름이다

살아서 남기는 것도
죽어서 남기는 것도

행복하다

꽃들도 노래하고
새들도 노래하고
구름도 노래한다

너의 죽음이 노래가 된다
너의 죽음이 사랑이 된다

너의 모습을 바람에 날려 봐

사랑이 네 몸으로 들어온다

비오는 날의 그리움

비에 젖은 나뭇가지가
홀로 축축하다

비를 맞는 연인
비에 젖은 여인

누군가를 만날까

만날 사람도 없다

휴대폰을 만져 본다

비오는 거리로
그리움이 혼선을 빚는다

아주 슬픈 일

울지 말자
울지 말자

그렇게 슬픈 일이라면
웃고 돌아서자

돌아보지 말자

넘쳐흐르는 눈물
눈에 담아

빗물로 흐르든
눈으로 녹아 내리든

세월이 약이라면

웃고 돌아서야지

산새는 내 친구

산새를 따라
날개를 달고
꿈꾸는 친구가 되어 보자

푸른 창공을 날아올라
예쁜 노래 불러 보자

숲 속에서 꿈을 꾸며
산새가 되어 보자

순수한 그대 모습

아이들이
첨벙첨벙
물장구치면

그대
어린 시절 뛰노는 모습
물 위에 그립니다

아직도 냉정한 모습

어린 시절 정겹던 모습이
삐쭉빼쭉 싹을 티우면

착하고 예쁜 모습

그대의 모습이라는 것을
난 알 것 같습니다

얼음의 영혼

녹아 내리다
녹아 내리다

태초의 물로 흘러

새 생명 일깨우는
도랑이 되게 하소서

방울 방울 꿈꾸게 하는
푸른 언덕이 되게 하소서

지나온 시간
숨을 몰아 쉬는
차가운 생명

내가 없는
공간의 영혼을 보게 하소서

홀로 그리움을 속삭일 때

홀로 가라 하면
홀로됨을 그리워하고

그대의 모습에서 사랑을
느꼈을 때

수정 같이
맑은 얼음 사이로 드리우는
겨울의 진실

겨울은
속삭임의 그리움으로
살아 숨쉬겠지

포근한 사랑

겨울의 홀로됨을 더 알겠지

난지도에 핀 꽃

난지도 사람은 울고
난지도 아이는 웃고

그 동네
사탕 발림에
웃고 울고

쓰레기 더미 산

고개를 저을 틈도 없이
아스라진 동네

벌거숭이로 소리칠 때
가슴 한구석이 피멍이 된다

이 쓰레기 더미 마을에

한 송이 꽃

그 아이 보이지 않는 곳에서
자연의 향기를 전해 주었다

그곳에서
자연의 숨소리로
살랑살랑 부는 바람

난지도는 오늘도 꿈을 꾼다

    (난지도는 지금의 하늘공원)

생명의 빛

아주 오랜 옛날
그 빛이 어둠으로
숨쉬고 있다면
그 어둠이 생명이다

어둠이 빛을
그리워하는 것은
어둠 속에 생명체가
숨쉬고 있기 때문이다

어둠은 잠자는 빛이다
틈새로 깨어나는 생명이다

생명은 그 빛으로
아름답다

산으로 가면

사람들은
산으로 오른다

산으로 오르는 사람

미운 사람
고운 사람

풍경 소리
염불 소리
바람에 날린다

말없는 산이 속삭인다
말없는 산이 친구가 된다

안개의 이름으로

불러도
불러도

대답이 없는
너의 이름으로

나의 모습은 사라지고

내 고향이
숨쉬는 동안에도

영혼의 넋두리가
미로의 풍경이 된다

봄바람이 불면

봄을 기다리는 풀 씨는
꿈을 꾼다

겨울 잎은 바람을 타고
날아간다

아지랑이 아른아른
피어 오른다

허물어진 건물 사이로
바람이 분다

절룩거리는 비둘기는
발목을 잡고 서성인다

비어 있는 창공으로
푸드덕 바람이 분다

바람 이야기

홀씨가 바람과
이야기하면

바람이 눈이 되어
갈 길을 정한다

바람이
머물고 간 자리

그 자리에
홀씨가 숨을 쉰다

보이지 않는 바람
그 바람이 생명이 된다

한길로 가는 길

잘난 사람도 못난 사람도
한길로 지나간다

지나는 길로 착한 일은
마음을 따뜻하게 한다

모든 것은 한길로 간다

맨발로 걷든
신을 신고 걷든

사람들은 한길로 간다

가는 길에 욕심을 버리면
행복하다

한길은
동행의 길이기 때문이다

착각은 생명이다

오랜 시간을
여행하면
과거가 된다

과거는 착각의
연속이다

버려진 돌 하나를
보듬으면
착각이 시작된다

착각 속에서 생명은
숨을 쉰다

간절한 기도

사랑을 주옵소서

생명이 없는 돌 하나
숨소리 들리지 않는 풀잎 하나
사랑이 깃들이게 하소서

언제나 아름다운 마음
기쁜 마음 샘솟게 하소서

그리운 모습으로 다가와
사랑하는 모습으로 남게 하소서

바라는 것이 아니라
베풀어 사랑을 전하는
우리가 되게 하소서

눈(雪)은 생명이다

눈이 온다
조용히 쌓인다

새들은 조용하고
눈은 햇살로 아름답다

시간이 멈춘다

공동 묘지를 지날 때
이질적인 여행은 하나가 된다

눈처럼 모습을 감추고
조용히 숲을 만든다

너답게 흔들려

창 밖을 바라보는 너
너무 힘들어 보여

흔들릴 땐 흔들리는 거야

지금부터 시작이야 서두를 것 없어
뻔한 고민은 너무 싫어

너는 너답게 살아야 해

너무 그리워하지 마
창 밖을 바라보지 마

흔들릴 땐 흔들려 버려

너답게 사는 거야
너답게 살 때
사랑은 시작되는 거야

아름다운 여행

밤을 지나
아침이 오면
설레임이 꿈을 꾼다

설레임을 꿈꾸면
아침은 밤보다 아름답다

모든 것이 싱그럽다

여명의 기차는
아침 이야기를 한다

기적 소리 휘파람새 된다

민들레 홀씨

고향을 떠나
살아 살아 터잡고

바람따라 고향을 만든다

산다는 이유로
씨에 씨를 날려

영원히 만나지 못하고

고 놈

제 귀한 줄만 알고
이 땅에 살고 진다

바위 숲

바위 틈 사이로
이슬이 숨을 쉬면
풀이 자라난다

풀이 숨을 쉬면
나무가 자란다

나무가 숨을 쉬면

바위 위에 새 한 마리
날아온다

바람이 보이는 벤치

바람이 춤을 춘다
빙글빙글 춤을 춘다

벤치는 조용히
겨울을 숨쉰다

모퉁이 바람이 찾아와
돌개바람을 만든다

생명이 숨쉬는 곳에
바람이 춤을 춘다

잠드는 낙엽 위에
몸을 부비면

낙엽이 바람 되어 춤을 춘다

눈을 감아 보세요

눈을 감으면 멀고도 먼 곳이
순간 다가옵니다

상상의 세계가
순간 다가옵니다

지루하다면
눈을 감아 보세요

현재가 사라지는 순간
마음이 편해집니다

조급하게 생각하지 마세요
시간은 빠르게 지나가지 않습니다

해 가듯이 달 가듯이

내일보다 오늘을 생각하세요

서두르지 마세요

잠시 눈을 감으세요

마음을 다스리고 사랑스런 일들만
생각하세요

골목 이야기

소나무 한 그루
그 옆에 연립 주택이 있다

마른 청솔모
소나무 줄기를 타고
달아난다

모텔 옆으로 박새 한 마리
깃털이 허공으로 나른다

어릴 적 추억이 사라진다

옛날보다 더 늙은 소나무
이웃 없는 오늘을 머문다

생기를 잃은 골목으로
아이가 서성댄다

괴로움 앞에서

괴로운 날이 있으면
행복한 날도 있다

눈이 잘 안 보인다고 괴로워 마라
앞을 못 보는 장님도 있다

몸이 아프다고 괴로워 마라
평생을 방바닥에 누워 행복을
꿈꾸는 사람도 있다

무엇이 그렇게 괴로운 일인가

들풀도 혹독한 겨울을 이겨야
예쁜 꽃을 피울 수 있다

어찌 마음의 상처가 괴로움인가
행복을 느끼지 못하는 것이
괴로움이다

CC TV

창을 넘어 찍혔다

창 안에 어둠을 가두고
안경 안의 그림자를 발견했다

바라보아도 보이지 않는
어둠의 그림자가 내 몸으로
숨을 쉬어 온다

점박이 불빛이 창을 뚫어
가슴에 꽂힌다

서로의 눈으로
마음을 열지 못한 연민이
등뒤로 숨을 쉬며 벽이 된다

소리는 생명이다

만물은 태어날 때
소리를 지른다
그 소리는 고통으로부터
시작된다

소리는 생명의 시작이다
소리가 생명이 된다

풀씨 하나에도
생명이 움틀 때
소리를 낸다

소리는 생명이다

소리가 시작될 때
생명이 숨을 쉰다

논길을 느낄 때

논두렁이 저리도
무너지지 않는 것은

아비의 손 마디 마디가
한줌 한줌 흙을 움켜잡고
있기 때문이다

오래도록
들판을 지켜온
삶의 고단함이

소의 등을
휘게도 했건만

논두렁 위로 비닐 봉지
바람따라 먼지가 되고

아비 어미의 가슴은
까마귀의 영혼이 된다

까마귀 바람 타고 나르면
검불 속으로 봄은 오건만

아비의 손 마디는
허공으로 논두렁이 되었다

아이를 위해 새총을 쏴라

잎새가
떨어지는 가지 속으로
새들이 날아 겨울눈이 되었다

봄이 오면
기다림의 이야기를 새싹에 담아
푸득이며 다시 날아 본다

달동네여
봄을 맞이하라

연탄 난로 앞으로
옹기종기 모여 과거를 마시기 보다는
새총을 쏴라

미래도
숨어 숨을 쉴 달동네 아이

최루탄이
창가를 향할 때 아이의 분유는
식어 간다

일어서야 한다
꿈을 가져야 한다

달동네는 새총이 있다

새총을 쏴라
희망을 쏴라

아이를 위해 새총을 쏴라

모래톱의 추억

아이들의 놀이터에는
모래톱의 추억이 숨을 쉰다

모래톱은 어릴 적 친구다

소나기 내리고 무지개 피는 여름날
모래톱은 새집 헌집 두꺼비집을
아이에게 주었다

그 친구 거대한 벙어리
꿈을 앓는 아이가
빌딩숲으로 몰려간다

틈 사이에서

틈만 있으면
틈을 비집고
풀씨는 꿈을 꾼다

틈은 자궁 속으로
풀씨를 키운다

별빛이 흐르는 밤
이슬이 틈새에 머물면
풀씨는 자라난다

사랑 여행

느낌 3

사랑은 불꽃이다

사랑은
불꽃이 된다

서로의 심장이
하나의 심장으로
고동친다

두근두근
요동친다

활활
타오르는 불꽃이 된다

사랑하는 사람

사랑하는 사람이
내 곁에 있다면

항상 감사하는 마음으로
바라보겠네

언제나 맑은 눈빛
내 마음 깊이
아름다움 간직하겠네

내 곁에 있는
사랑하는 사람의
눈을 바라보며

오늘을 시작하겠네

사랑이 사랑을 말한다

사랑을 하려면
사랑하는 마음이 있어야
사랑이 시작되는 거지

만남이
사랑을 만드는 것처럼
만남이 없는 사랑은
없는 거야

사랑하는 마음이 있으면
그 사랑
꽃이 되는 거야

아름답게 바라보는 거지

그것이 사랑이야

사랑은 서로를 원한다

사랑은
내 것이 아니다

사랑은
네 것이 아니다

사랑은
서로 다른 둘이
하나가 되는 것을 원한다

나비가
꽃을 찾는 것처럼
꽃이
나비를 그리워하는 것처럼

사랑은
서로를 원한다

메아리 사랑

메아리는 사랑을
이야기한다

멀리서
멀리서
가깝게 들려 온다

눈꽃이 피어나는 산으로
목청껏 그대 이름 부르면
사랑이 메아리 된다

사랑이 숨쉬는 메아리
눈꽃 속에 잠들면

그 사랑스런 눈꽃이
내 안의 메아리가 된다

몰래 숨긴 사랑

그대 생각이 불현듯 떠올랐어요

야릇한 감정이
머릿속으로 물결치네요

우연이 다가선 그대의 모습이
내 마음의 문을 열었어요

나는 그대가 알지 못하는
사랑을 심었어요

속마음을 드러내지 못하고
그리움의 밤을 서성거렸어요

그대도 모르는 사랑을 상상하면서
그대 앞으로 다가섰어요

한마디 사랑

일상에서
우리는 사랑을 느낀다

함께하는 사람도
마찬가지다

사랑은 처음과 끝이 없는
순간의 감정에 날카롭다

순간의 한마디가
미움과 사랑을 만든다

호감을 주는 한마디가
사랑의 씨앗이 된다

다가올 사랑

약속은 없었지만
눈빛이 반짝인다

야릇한 그리움은
사랑의 시작이었다

설레임으로 시작되는
그대 창가

잔잔한 불빛
나는 그 불빛 이방인

수줍은 달빛 그림자
창가를 서성댄다

눈꽃 사랑

하이얀 눈이 왔어요

나뭇가지 위에 하이얀 눈이
사랑을 담고 잠들었어요

어찌나 그리움이
새록새록 피어 오르던지

어린 시절 생각에
손을 호호 불어 봤어요

그 추억
눈꽃으로 다가오는 그대

하이얀 사랑 그대

사랑의 빛

멀어진 사람을
가까워지게 하고

만나는 사람마다
다정다감한 마음의 향기
머물게 하여

사랑 그 사랑
영원한 사랑
빛이 되게 하시고

그 빛을 비추어
사랑을 전하는 서로가
되게 하소서

사랑의 이해

서로의 미움으로
사랑이 식어 갈 때

얼어 오는 체온
묻어 두지 마세요

행복했던 시절을 떠올리며
따스한 이야기로
체온을 보듬어 주세요

사랑스런 마음으로
그대를 끌어안으세요

사랑이 눈을 뜰 때

나는 보이지 않고
내 마음만 중얼거리지요

사랑의 모습은 보이지 않고
홀로 그리움이 찾아오네요

아마
사랑은 보이지 않는 곳에서
얼굴을 빠끔히 내밀지요

두근거리는 가슴이 사랑을 알리네요

사랑이 눈을 뜰 때
두근거리는 가슴은
내 마음만 중얼거리게 하네요

사랑은 날개가 있다

머뭇거리다
사랑은 날아간다

새처럼
사랑은 날아간다

다가서기도 전에
꿈꾸던
사랑은 날아간다

사랑은 새와 같다

날기 전에
잡아야 한다

못 잊을 사랑

나는 울었습니다

밀려오는 절망과
어둠 앞에서
울부짖었습니다

그대가 떠난 후

끝없는 내 사랑
그리운 내 사랑

잊으려 해도
잊지 못하고

나는 울었습니다

바람아 불어 가라

머리에서 발끝까지
바람아 불어 가라

끝없는 사랑도
바람아 불어 가라

첫사랑의 설레임도
바람아 불어 가라

아름다웠던 무지개 사연도
바람아 불어 가라

이별의 아픔이라면
바람아 불어 가라

그리운 님

소리 소문도 없이
찾아온 님

수줍어 말못하는 님

소리 소문도 없이
찾아온 님

내가 보고 싶었나요

꿈결에 스쳐 가는 님
가슴에 담아 부르던 님

그토록 보고 싶었던 님

그대가 찾아왔네요

사랑은 외톨이가 아니다

사랑은 외톨이가 아니다

외톨이라면 이별보다
더 쓸쓸하다

언제나 사랑은 둘이다

외톨이라고 생각하면
사랑은 거리를 방황한다

사랑은 멀리 있는 것이 아니다
눈앞으로 스쳐 간다

마음속에 사랑이 없다면
사랑은 보이지 않는 외톨이다

유년의 사랑

개구리가 노래한다
개굴개굴 노래를 한다

개구리 노래하는 들판으로
뛰어간다

얼굴에 흐르는
땀방울 꽃방울
무지개 달고 뛰어간다

나랑 너랑 콧노래
사랑스럽다

개굴개굴
그 시절이 그립다

떠나간 사랑

사랑한다 하면서
떠나가네요

그대
사랑이 식었나요

사랑했던 그 순간들이
꿈만 같네요

들꽃처럼 피어난 사랑
순수한 그 사랑이
꿈이 되었네요

불꽃처럼 타오르던 사랑
그리움만 남네요

술래 사랑

나는 술래가 되었다

그대는 꼭꼭 숨었다

달빛 속으로
그림자는 사라지고

장독대 뒤꼍 모란꽃이
달맞이를 한다

꽃 향기에 취해 꿈을 꾼다

그대가
달아나려는 순간

꽃 향기는 사라지고
그대 안에 내가 있었다

눈빛 속에 사랑이 있다

어리다고 놀리던
그녀가

예쁜 눈으로
눈웃음지을 때
나의 얼굴은 발그레해졌다

눈빛 속으로 흐르는
예쁜 마음이
어떤 느낌인지 몰랐다

순간 얼굴을 돌리면서도
싫지는 않았다

예쁜 눈빛이 머리를 맴돌 때
야릇한 동요가 있었다

사랑하는 사람에게

사랑한다는 말은
존중한다는 말이다

사랑에 취하면
사랑을 착각한다

헤어지자는 말조차도
사랑스럽다

영원할 것 같은 사랑도
사소한 몸짓
사소한 한마디에
무너진다

사랑은 서로를 존중할 때
아름답다

사랑의 태양

어둠 속에서 떠오른다
생명이 잠든 어둠 속에서
떠오른다

넓고 넓은 어둠의 생명을
환히 비추기 위해 떠오른다

방황하는
생명을 보듬기 위해 떠오른다

사랑하는 생명이
빛이 되도록 떠오른다

어둠이 있는 곳으로
사랑의 태양은 떠오른다

엄마 사랑

엄마 생각이 난다

시장 아주머니를 보면
울 엄마 생각이 난다

코흘리개 아이 등에 업고
고생하신 엄마

하루 한끼 부끄럽다
헤어져 사는 일이 가슴을 친다

엄마

엄마의 꿈은
부끄럽지 않은
영원한 사랑입니다

흰구름 내 님

흰구름
바람따라
푸른 하늘을 꿈꾼다

꿈꾸는 흰구름
하늘에 수를 놓으면

예쁜 그림 엽서가 된다

그 흰구름
그림 엽서

님의 모습으로
다가온다

흐르는 사랑

언제나 사랑은
그리움 되어 흐른다

사랑은 그리움을 담아
흐른다

흐르는 사연
무지개 사연

그 사연 흐르고 흘러
강물처럼 흐른다

그리움으로
무심히 흐른다

사랑은 청춘이다

사랑을 하면
청춘이 찾아온다

행복한 청춘은
만남이 선물이 된다

발그레한 볼이
사랑이 된다

사랑을 하면
가슴이 두근거린다

황홀한 순간
사랑이 숨을 쉰다

잊을 수 없는 사랑

눈을 감으면 떠오르는
그대 생각

잊을 수 없네

너무나 사랑했기에
흐르는 눈물 감출 수 없네

아무리 소리쳐도 메아리뿐
그대 모습 보이질 않네

잊으려
잊으려 해도
잊지 못하고

미로의 그리움은 시작되네

별빛보다 아름다운 사랑

사랑스런 그대

사랑한다

사랑한다는 한마디에

홀로 그리워했던
열병의
흔적은 사라지고

나의 어둠 속을 비추는
그대의 까만 눈동자

별빛보다 아름답습니다

이유 없는 사랑

조건 없는
사랑이 좋아

따스한 사랑이
사랑으로 간직되길 원한다면

가치를 이야기하기 전에
의미를 이야기하기 전에

서로를 믿는 사랑이 좋아

때론
무척이나 속상하겠지만

너무 욕심이 많으면
사랑은 향기를 잃게 되잖아

사랑의 향기

낭만이 숨쉬는 명동에서
만났지요

음악이 잔잔하게 흐르는
카페에서 이야기를 했지요

지나가는 거리로
행복이 미소를 짓네요

너무 행복한 시간

우리의 사랑이
맛깔스러워질 때

사랑은 향수를 뿌린 듯
거리를 향긋하게 하네요

잊히지 않는 사랑

언제나 같은 자리
그대 생각으로 어둠이 올까
두렵습니다

어둠을 비추는 별빛이
점박이로 남아
긴긴밤 서성거리게 합니다

서성거리는 밤이 지나가면
사랑도 잊히겠지요
그러나 잊히지 않습니다

아
불어 가는 바람결에

그대 숨소리 들리면
잊히지 않는 고통이 사랑입니다

뒤바뀐 사랑

관심을
끊어 주세요

그대는
내 스타일이 아닙니다

나를 마음에
두고 있겠죠

짝사랑은
약이 없답니다

내 스타일이 아닙니다

미안합니다

어느 날 그대가 보이질 않았습니다

무슨
느낌인지는 알 수 없지만
허전했습니다

무관심으로부터
사랑은 시작되나요

어느 사이 그대가
내 마음속에 들어와 있네요

미안해요

진작 사랑한다고
말할 걸 그랬어요

사랑은 신비롭다

넋을 놓고 바라보던
사랑이

사랑한다는 한마디에

한 마리 학이
춤추는 듯

머릿속을 맴돌고

꿈인 듯 몽롱해져 올 때

독백하는 별처럼
사랑은 신비롭다

사랑은 닮아간다

사랑이 시작될 때

다정다감한 모습이
정겹다

천사처럼 다가서는
만남이 아름답다

반짝이는 눈동자
별처럼
맑고 영롱하게 빛난다

마주보고 전하는 숨소리

눈길 마주칠 때
사랑은 닮아간다

먼지는 살아 있다

사람은
먼지와 같다
바람에
쓸려 간다

쓸려 가는
바람에 먼지가 된다

발 밑에
벌레가 깔려 죽었다

사람의
발에 밟혀 죽었다

노인의 죽음과 같이
연습 없는 영혼의 삶처럼

세월이 지나간 자리에
먼지만 남는다

먼지는
바람에 날려 간다

모습을 잃고
바람에 날려 간다

먼지 위에
벌레가 기어간다

사람도 먼지인 것처럼
벌레의 발에 밟힌다

사람은 벌레와 같이
살아가는 먼지다

꽃길로 가면

꽃길로 가면 꽃길로 가면
그 외길로 서 있었다

그 길에서
사랑하는 사람을 만난다면
아득한 날의 이야기를 해야겠다

어두웠던 길을
꽃길로 걸으면
행복한 시간이 따라온다

그 꽃길에서
그 꽃길에서 만나는 사람은
행복하겠다

아름다운 생각이 꽃길이 되겠다

이방인의 하루

졸음 사이로 치열한 바람은
혼자의 더듬이가 된다

소중한 생명이
고향을 잃을 때

먹구름은 핏빛을 닮아
이글거린다

이 순간 눈물 한 방울이
지하로 스민다

검은 연기 속으로 영혼이
외마디 메아리가 된다

(대구 지하철 참사 현장에서)

삼포의 추억

하루를 산다
눈물은 오늘만 흘리면 된다

삶의 몸부림은
쓰라린 가슴의 폭풍이다

시계의 부속들은 속절없이
울어대지만
쓰레기장으로 달려갈 때 슬프다

바람이 솔밭으로
불어온다

누렁이는
검푸른 바다를 바라보며
컹컹댄다

시간이 지나간 삼포는
기억을 상실한다

눈이 내리는 세상은
솔잎에 앉아 쉬는 듯
햇볕에 따사롭기 그지없다

파도에 떼밀려서 온 펭귄이
고향으로 잠들려 한다

추억이겠지
하루를 끌어안고 흐느낀다

꺼이꺼이
버려야 하는 시간

병실의 조명은
생명의 순간을 기억했다

동물 농장

어린 돼지의 영혼이
훌쩍인다

돼지는
묘지 위에 깃발을 펄럭인다

지나온
시간을 잊고 숨을 헐떡이며
소리지른다

어린 돼지의
심장을 먹고 자란 돼지는
떼지어 농장을 이탈한다

어린 돼지는
정신을 잃고 어둠 속을
방황한다

돼지가
끙끙거린다

어린 돼지 앞에서
끙끙거린다

어린 돼지의
체온을 느낀다면

돼지는
밥상에 올라야 한다

두 씨앗의 운명

이 놈의 씨가 어른도 애도 없이
숨실 공간만 있으면
그리움을 알아 세상을 산다

잘났던 못났던
오늘을 산다

이 놈의 씨가 홀로 되는 씨와
둘로 되는 씨가 있다

홀로 되는 씨는
구도의 씨가 되어 사랑을 전하고

둘이 되는 씨는
씨에 씨를 뿌려 혼란의 씨가 된다

뻐꾸기의 하루

뻐꾸기는 운다

나뭇가지에 매달려 운다

허공으로 울어댄다

숨넘어가는
도시를 바라보며 침묵한다

오염된 도시로 흐느적거린다

덜렁거리는 심장을
나뭇가지에 매달고 운다

대낮의 소음을 따라
목청을 잃는다

흙은 생명이다

흙은
무지개를 품고 산다
형형색색 꽃을 피운다

흙은
생명체의 부활이다

썩어서 썩어서 생명을 부르는
그리움이다

덮어도 덮어도
깨어나는 씨앗의 이야기다

생명을 어루만지는
윤회의 이야기다

바람의 존재

바람이
스치면 생명이 된다

바람은
공간으로 숨을 쉰다

거세게 불어오기 전에
바람은 아름답다

꽃들을 흔들어 춤추는 바람이
시원한 바람이 된다

바람이 불면
모든 것이 생명을 얻는다